EXAMEN

DE

MACBETH.

EXAMEN

DE

MACBETH.

PARIS,

LELONG, LIBRAIRE, AU PALAIS-ROYAL,
GALERIE DES OFFICES, N° 4.

Mlle COLIGNON, LIBRAIRE, AU PALAIS-ROYAL,
GALERIE DE BOIS, N° 235.

NOVEMBRE 1815.

EXAMEN

DE

MACBETH.

AU moment où *Macbeth* vient de reparaître sur la scène française, il n'est pas hors de propos d'appeler l'attention sur les beautés les plus frappantes de cet ouvrage.

Si l'on s'attendait à trouver ici une critique scolastique, on se tromperait fort ; je n'envisagerai pas la pièce sous le rapport de l'art ; je ne reprocherai point à Shakespeare d'avoir violé les règles d'Aristote ; à Ducis, d'avoir enlevé à l'Eschyle anglais

« Sa vigueur indomtée et sa grâce sauvage, »

d'avoir porté le scalpel sur tous les membres de son maître : semblable aux filles de Pélias, qui, barbares par amour, immolèrent leur père pour lui donner une nouvelle vie.

Loin de moi le soin futile de rappeler les règles du goût, les principes de l'école ; je considère les lettres sous un point de vue plus élevé; ce n'est pas l'habit que j'aime dans l'homme, c'est l'homme même. Ainsi, je me plais à dépouiller la littérature de son enveloppe, à l'envisager sous le côté moral; ainsi je cherche l'utile sous le voile de l'agréable, le philosophe sous le manteau du poëte, la morale à travers un dédale ingénieux. Je n'estime en effet, dans la poésie, que le secret de rendre la vérité plus aimable, et partant plus utile; je n'aime en elle qu'une menterie pleine de vérités, ou plutôt que la vérité elle-même; mais celle-ci conduit à la vertu par un chemin escarpé et sublime; la fable, au contraire, y fait arriver par d'agréables sentiers, par de rians détours; l'homme que l'austère vérité effarouche, se laisse entraîner mollement par la douce illusion, et le plaisir le mène à la sagesse. L'homme ne ressemble-t-il pas à un enfant malade? Si vous lui présentez un remède amer, il détourne la tête et repousse la coupe loin de lui; imbibez de miel les bords du vase, l'enfant trompé boit la liqueur salutaire, il boit, et doit la vie à son heureuse erreur.

> « *Così all' egro fanciul porgiamo aspersi*
> « *Di soavi licor, gli orli del vaso*
> « *Succhi amari ingannato, intanto ei beve*
> « *E dall' inganno suo vita riceve.* »

Le Tasse;

Prenons garde même d'être moins sages que l'enfant, de ne prendre que le miel et de laisser le remède ; cherchons donc, dans l'art dramatique, autre chose qu'un simple amusement ; appliquons à la morale et à la philosophie les exemples qu'il nous offre. Pour moi, je l'envisage comme un vaste tableau allégorique, où nous devons retrouver toute notre histoire ; la comédie est le miroir de la société, la tragédie me semble l'école des rois : elle enseigne l'amour de la vertu, l'horreur du vice ; elle amène incessamment la peine et le remords sur les traces du crime ; à travers les lambeaux de pourpre qu'elle arrache à la grandeur, elle découvre une lèpre hideuse ; elle évoque le passé, et cite le présent à ce tribunal suprême, qui devance pour les rois le jugement de l'avenir ; sous des noms étrangers, elle leur peint leurs passions, leurs faiblesses, leurs erreurs et leurs crimes, et sous le voile d'une fable, elle leur fait lire leur histoire.

« . . . . *Mutato nomine, de te*
« *Fabula narratur.* »

L'apologue dit la vérité aux princes sans les blesser ; il leur donne souvent de grandes et salutaires leçons. Louis se livrait à des plaisirs peu dignes de sa grandeur :

Racine lui fait entendre ces vers :

« Pour toute ambition, pour vertu singulière,
« Il excelle à conduire un char dans la carrière,
« A disputer des prix, indignes de ses mains,
« A se donner lui-même en spectacle aux Romains. »

Et le grand roi se soumet à la voix du grand poëte.

David vient de commettre un double crime; Nathan est devant lui. Sous le voile d'un apologue, Nathan lui conte sa propre histoire : dans un crime étranger il lui fait détester son crime. David est ému, attendri ; Nathan alors déchire le voile, Nathan lui crie : *Tu es ille vir.* « Tu es cet homme. »

Le repentir, à ce cri, descend dans l'âme du roi coupable.

Maintenant, appliquons à la tragédie de *Macbéth* les règles de critique que j'ai indiquées ; examinons-la sous le point de vue moral : peut-être y trouverons-nous des souvenirs et des leçons.

La tragédie française nous montre d'abord *Duncan*, roi d'Ecosse, vénérable par son âge, ses vertus et ses malheurs ; près de lui est *Glamis*, premier prince de son sang, son ami, son compagnon fidèle. Ils s'entretiennent ensemble des désastres de la patrie : un usurpateur, le *farouche Cador*, a levé l'étendard de la révolte, et chassé *Duncan* de sa capitale ; un désert est devenu l'asile du monarque légitime, qui ne règne plus que sur quelques sujets fidèles. *Glamis* partage ses royales douleurs : « Que j'ai « plaint votre sort, s'écrie-t-il,

« Quand *Cador*, amené par de vils factieux,
« Egara les esprits, éblouit tous les yeux !
. . . .
. . . .

« Tourna contre leur roi des soldats révoltés,
« Trop aisément, hélas, vers un traître emportés :
« Alors l'Ecosse entière, alors notre patrie
« Devint un champ d'horreur, de meurtre, de furie.....
. . . .
. . . .

« Et vainement encor, dans ce commun effroi,
« Le roi cherche son peuple et le peuple son roi. »

Oh ! combien ces malheurs passés nous rappellent des malheurs plus récens ! Où donc le poète avait-il lu notre histoire ?

Le vieux roi d'Ecosse laisse échapper quelques réflexions, pleines de tristesse, sur l'inconstance et l'ingratitude des hommes :

« J'ai vu (dit-il) ma cour flotter entre nous deux,
« Ou servir sans pudeur ses forfaits trop heureux.

« Et voilà donc, grands dieux ! les droits de la couronne,
« Au moment où la force, hélas ! nous abandonne. »

Duncan, ton cœur magnanime eut besoin
de s'ouvrir à la confiance, de croire à la vertu,
de se fier à la reconnaissance ; mais le réveil de
ces illusions fut terrible ; la vérité, comme un
coup de foudre, t'apparut au moment de ta
chute ; tu n'aperçus l'abîme qu'en y tombant, et
tu n'appris à connaître les hommes qu'en deve-
nant leur victime. Que du moins, si la victoire
te rend la couronne, l'expérience du malheur
ne soit pas perdue pour toi. Le crime, jetant le
masque, s'est montré à tes yeux dans toute sa
nudité ; tu sais où le glaive des lois devra frapper : garde-toi donc, remonté sur le trône, d'ou-
blier que la justice est la bonté des rois, que
l'impunité du crime est le fléau de la vertu.

Glamis cherche à relever le courage de son
maître ; il lui parle de victoires, d'avenir, de
bonheur, mais l'âme du monarque, rassasiée de
la vie, fatiguée des hommes, n'aspire qu'au repos
de la tombe, ne s'ouvre plus qu'à l'espoir d'un
meilleur monde.

Tout-à-coup un prodige effrayant vient con-
firmer les pressentimens du roi d'Ecosse ; un
long gémissement s'est fait entendre ; les Furies

sont devant lui ; elles préparent des forfaits, elles demandent du sang. L'auguste vieillard, soumis à la volonté des Dieux, accepte l'augure et se retire.

On apprend, au commencement du second acte, que l'usurpateur a laissé la couronne et la vie dans les champs d'Inverness ; le trône est rendu au monarque légitime.

Enfin, il paraît ce superbe *Macbeth*, sur qui l'Écosse entière semble avoir les yeux ; ses exploits, sa popularité l'ont rendu cher au peuple et à l'armée ; prince du sang, un faible espace le sépare du trône. Il ne voit que trois princes entre le roi et lui, *Glamis*, *Herfort* et *Menteth*; il s'avance à travers les acclamations du soldat ; mais ces acclamations n'ont plus le pouvoir d'arriver à son âme ; il éloigne la foule avide de le voir ; il ordonne qu'on se retire, et reste seul avec Frédégonde son épouse. *Macbeth* est déjà sous l'influence des furies ; un insurmontable espoir s'est emparé de son cœur ; une apparition terrible est toujours devant ses yeux : il se retrouve errant au milieu de la nuit, dans les champs d'Inverness ; les furies sont encore là : Je les revois, s'écrie-t-il, dans un trouble inexprimable :

« Leur front sauvage et dur, flétri par la vieillesse,
« Exprimait par degrés leur horrible allégresse.
« Dans les flancs entr'ouverts d'un mortel égorgé,
« Pour consulter le sort, leur bras s'était plongé ;
« Ces monstres tout sanglans, courbés sur leur victime,
« Y cherchaient et l'indice et l'espoir d'un grand crime,
« Et ce grand crime, enfin, se montrant à leurs yeux,
« Dans un chant sacrilége ils rendaient grâce aux dieux.

. . . .

. . . .

« Par des mots inconnus ces êtres monstrueux
« S'appelaient tour-à-tour, s'applaudissaient entr'eux,
« S'approchaient, me montraient avec un ris farouche,
« Et le nom de Macbeth s'échappait de leur bouche.....
« Je leur parle, et dans l'ombre ils s'échappent soudain,
« L'un avec un poignard, l'autre un sceptre à la main ;
« L'autre d'un long serpent serrait le corps livide.
« Ils ont vers ce palais tourné leur vol rapide,
« Et du milieu des airs, en fuyant loin de moi,
« M'ont laissé pour adieux ces mots..... *Tu seras roi.* »

Macbeth n'est, dans toute la pièce, que l'agent des furies, de ces êtres dont le mal est l'essence, dont toutes les facultés sont dirigées vers le crime ; c'est un prince faible, ambitieux, qui succombe sous une trame profondément ourdie, et qui conserve, jusque dans sa chute, quelques traces de la noblesse primitive de son âme ; le meurtre de Duncan est bien moins son ouvrage qu'il n'est l'ouvrage des ministres de l'enfer ;

Macbeth ne semble, entre leurs mains, qu'un instrument docile dont ils dirigent les ressorts ; tout en lui est forcé de servir à leurs desseins, et les plus nobles sentimens de l'âme, et les plus douces affections du cœur, et l'ambition d'un guerrier, et l'amour d'un époux, et l'orgueil d'un père.

Dans cette belle allégorie, ne reconnaît-on pas une *secte impie* avide de sang, altérée de puissance ? Ce *mortel égorgé* par les furies, ce *prince* destiné au crime, ce *poignard*, l'instrument du meurtre, ce *serpent*, symbole de leur rage jalouse, ce *sceptre* dont elles veulent éblouir leur victime, n'est-ce pas là l'histoire de *monstres plus réels* ? tout s'y retrouve, et le passé et le présent, et l'indice de l'avenir.

Mais revenons à la pièce dont nous nous sommes écartés. Macbeth achève son récit.

« Un exécrable espoir entre dans ma pensée.
« Si loin du trône encor, comment y parvenir ?
« Je n'osais, sans trembler, regarder l'avenir ;
« A peine en mes exploits, en ma propre innocence,
« Ma timide vertu trouvait quelqu'assurance ;
« Je cherchais dans moi-même un secret défenseur.....
« A la fin du sommeil je goûtais la douceur.....

« Tout-à-coup j'ai senti sous ma main dégouttante
« Un corps meurtri, du sang, une chair palpitante :
« C'était moi, dans la nuit, sur un lit ténébreux,
« Qui perçais à grands coups un vieillard malheureux. »

Dans ce moment, le vieux roi d'Écosse paraît ; *Macbeth* frémit comme s'il venait de commettre le crime : *Duncan*, rendu à sa capitale, vient avec *Glamis* lui demander l'hospitalité : *Duncan*, aveuglé jusqu'à la fin par une excessive confiance, se remet lui - même à la garde de ses ennemis.

Le troisième acte se passe au milieu de la nuit ; les illustres étrangers dorment sous le poignard des assassins ; Macbeth seul et Frédégonde veillent ; Frédégonde est ici le type de l'ambition ; c'est une nouvelle furie attachée à la victime ; elle a soif de régner ; toutes ses facultés sont dirigées vers ce but ; tout lui semble légitime pour y arriver ; le meurtre même n'est plus un crime, s'il est le marche-pied du trône ; elle fascine les yeux de son époux, elle touche toutes les cordes de son âme ; elle flatte le guerrier, de la toute-puissance, le père, de la grandeur d'un fils.

N'est-ce pas là la morale et la marche de cette secte sanguinaire qui, brûlant de ressaisir le pouvoir, s'efforce d'associer un autre Macbeth à de nouveaux crimes, dans l'espoir de régner sous son nom ? Frédégonde ajoute, que vaincue par la curiosité, elle a consulté les Furies : « Ecoute, « dit-elle, leur second oracle :

« Macbeth, le sort t'a mis près du rang de ton maître,
« Sur cet illustre rang, qui t'éblouit peut-être,
« Voici ce que le ciel prononce par ma voix :
« L'Ecosse doit bientôt reconnaître tes lois ;
« La couronne t'attend......

« La couronne m'attend ! » répète Macbeth éperdu.

« Eh bien ! que tardes-tu à la saisir » ? s'écrie Frédégonde ;

« Le sort te la promet, que ton bras te la donne.
« Il semblait qu'un espoir, qu'un présage certain
« M'annonçât dès long-temps les arrêts du Destin.
« Macbeth, tu vas régner, oui, ma grandeur s'apprête ;
« L'éclat de tes rayons rejaillit sur ma tête.
« Quel honneur pour ton fils, et quel bonheur pour moi !
« Je suis dans un instant mère et femme de roi.

Macbeth ému, entraîné, ne résiste plus qu'à peine : le crime disparaît à ses yeux ; il ne voit que le trône ; un incident vient encore hâter sa défaite. Une lettre lui apprend que *Menteth* n'est plus, que le noble et vaillant *Herfort*, arraché mourant du champ de bataille, n'a survécu que peu d'instans à la victoire :

FRÉDÉGONDE.

« Il reste peu d'espace entre le trône et vous.

MACBETH.

« Ils dorment.

FRÉDÉGONDE.

Nous veillons, et la nuit est profonde.
« L'oracle..... tu m'entends !

MACBETH.

Oui.

FRÉDÉGONDE.

Macbeth !

MACBETH.

Frédégonde !

FRÉDÉGONDE.

« Duncan, près de Glamis, repose en ce palais.
« Quand s'éveilleront-ils ?

MACBETH.

Avec le jour.

FRÉDÉGONDE.

Jamais.

MACBETH.

« .... Mais l'honneur, mais la reconnaissance,
« Mais un vieillard, un roi, mon parent, mon ami,
« Ici, dans mon palais, sous ma garde endormi,

« Qui, si des assassins venaient pour le surprendre,
« Crierait d'abord: Macbeth, Macbeth, viens me défendre!

FRÉDÉGONDE.

« . . . . Glamis sera donc roi.
« Sa fureur, quelque jour, sur ton fils et sur moi..... »

Macbeth n'a plus de force contre ce dernier coup; il est vaincu :

« . . . . . O dieux (s'écrie-t-il)! je frémis, je frissonne;
« Je sens que ma raison s'enfuit et m'abandonne.
« Oui, je vois, malgré moi, qu'au meurtre destiné,
« Par un pouvoir fatal ce bras est entraîné;
« On dirait que le sort, car à tout il préside,
« Sur ses tables de fer grava mon parricide.
« Je m'arrête, et j'y cours..... Marbres silencieux,
« Soyez sans souvenir, sans oreilles, sans yeux;
« Ne sentez point mes pas glisser dans les ténèbres :
« Voici l'instant......

Tout-à-coup des cris tumultueux se font entendre; les amis de Cador s'emparent du palais; Macbeth, hors de lui, s'élance; il va frapper ses victimes, il va repousser les brigands.

Les deux derniers actes sont pleins du repentir de Macbeth; grande et salutaire leçon qui nous montre le châtiment inséparable du crime, et qui nous détourne du mal par la crainte des remords : vainement Frédégonde lui rappelle les soins de sa gloire, les charmes de la couronne, l'amour d'une épouse ; Macbeth ne peut être consolé, *parce qu'il a tué son roi.*

Cependant, les guerriers de l'Écosse, reconnaissans envers le prince qui vient de repousser les amis de Cador, et d'arracher la patrie à leur fureur, présentent la couronne à Macbeth ; mais l'ombre sanglante de Duncan se place entre la couronne et lui ; elle trace sur les murs ces mots épouvantables :

« . . . . Point de grâce au perfide ,
« Jamais à l'assassin, jamais au parricide. »

Non, il n'est point de trève pour le criminel ; ses jours sont sans repos, ses nuits sans sommeil ; la tombe devient infidèle, le sang prend une voix, la mort ressaisit un corps pour accuser l'assassin.

Macbeth exhale dans ces vers les tourmens qu'il éprouve :

« Non, l'homme impunément ne fut jamais barbare :
« Il est des dieux vengeurs, dont l'œil partout nous suit ;
« En vain, nous entourant des ombres de la nuit,
« Nous espérons tromper cet œil qui toujours veille.
« Au moment du forfait, la Justice sommeille ;
« Mais, soulevant son voile, après l'acte inhumain,
« Elle apparaît terrible, et le glaive à la main. »

Macbeth, vaincu du remords, avoue enfin son crime, et remet la couronne à l'héritier légitime, à Malcolme, caché jusqu'alors sous l'habit d'un montagnard écossais, mais qu'un billet de Duncan fait reconnaître pour son fils.

Frédégonde, qui frémit de se voir enlever ce trône, l'objet de tous ses vœux, le prix de tous ses forfaits, médite, pour le retenir, un nouvel assassinat. Le besoin du crime assiége son sommeil : elle dort, mais son âme veille ; d'une main elle saisit un poignard, de l'autre une torche ; elle marche ; un sourire effrayant contracte tous ses traits ; elle approche, elle saisit la victime ; elle lève son poignard ; mais un dieu veille sur Malcolme, un dieu détourne le fer de l'homicide.. ; elle a frappé son propre fils.

Le jour, enfin, rappelle sa raison ; elle aperçoit son erreur ; elle reconnaît son fils qu'elle vient d'immoler elle-même ; elle se précipite sur ce corps sanglant ; d'une main tremblante elle cherche sur son cœur un reste de vie ; mais il est mort, mort....

Dans son désespoir, elle ressaisit le poignard parricide, le plonge dans son sein, et retombe mourante sur le corps inanimé de son fils.

Voilà la terrible récompense que le ciel réserve à de *pareils forfaits*.

« Oui , le ciel d'un tel prix doit dignement payer
« Ces conseillers pervers dont les lâches adresses
« D'un prince malheureux excitent les faiblesses,
« Le poussent au penchant où son cœur est enclin,
« Et semblent au forfait le mener par la main. »

(RACINE.)

DE L'IMPRIMERIE D'ADRIEN ÉGRON.